10 Décembre 1909

marqué P

VENTE
Du Vendredi 10 Décembre 1909
HOTEL DROUOT, SALLE N° 1
A DEUX HEURES

OBJETS D'ART

ET

D'AMEUBLEMENT

ANCIENS ET DE STYLE

COMMISSAIRE-PRISEUR
Me F. LAIR-DUBREUIL

EXPERTS
MM. PAULME & B. LASQUIN Fils

CATALOGUE

DES

OBJETS D'ART ET D'AMEUBLEMENT

ANCIENS ET DE STYLE

Anciennes Porcelaines de Chine — Faïences

OBJETS DE VITRINE

MONTRES — ÉTUIS — ÉVENTAILS ANCIENS ET MODERNES

BRONZES D'AMEUBLEMENT

PENDULES D'EPOQUE LOUIS XVI

SCULPTURES

Statues, Groupes, Bustes en marbre, pierre et terre cuite

MEUBLES ET SIÈGES

BUREAUX, SECRÉTAIRES, VITRINES, CONSOLES, ETC.
d'Époque et Style Louis XV et Louis XVI

AMEUBLEMENT DE SALON EN TAPISSERIE D'AUBUSSON

TAPISSERIES ANCIENNES — TAPIS D'ORIENT

DONT LA VENTE AUX ENCHÈRES PUBLIQUES AURA LIEU

HOTEL DROUOT, SALLE N° 1

Le Vendredi 10 Décembre 1909, à 2 heures

COMMISSAIRE-PRISEUR	EXPERTS
Me F. LAIR-DUBREUIL	MM. PAULME et B. LASQUIN Fils
6, rue Favart	10, rue Chauchat | 11, rue Grange-Batelière

EXPOSITION PUBLIQUE

Le Jeudi 9 Décembre 1909, de 1 h. 1/2 à 6 heures

CONDITIONS DE LA VENTE

Elle sera faite au comptant.

Les adjudicataires paieront *dix pour cent* en sus des enchères.

L'exposition mettant le public à même de se rendre compte de l'état et de la nature des objets, aucune réclamation ne sera admise une fois l'adjudication prononcée.

Paris. — Imp. de l'Art, Ch. Berger, 41, rue de la Victoire.

DÉSIGNATION

PORCELAINES, FAIENCES

1 — Paire de jardinières porte-bouquets-appliques en ancienne faïence de Rouen, décor à la corne : fleurs et insectes.

2 — Présentoir à œufs en ancienne faïence du Midi, muni de deux coquetiers et salière.

3 — Paire de lampes faites de deux bouteilles en ancienne faïence de Delft, décor bleu. Monture en bronze.

4 — Soupière et son couvercle en ancienne faïence française.

5 — Grande coupe en porcelaine de Chine, décor bleu : personnages, fleurs et paysages.

6 — Vasque en porcelaine de Chine, décor bleu.

7 — Petit mouton couché en ancienne porcelaine de Saxe.

8 — Plat en ancienne faïence de Delft, à décor japonais, en polychrome relevé de dorures.

9 — Potiche couverte en ancienne porcelaine de Chine, décor à réserves de poissons et ornements en couleur. Époque des Ming. Socle en bois.

10 — Paire de bouteilles en ancienne porcelaine de Chine, décorées de fleurs en couleur sur fond jaune impérial; médaillons à paysages en grisaille. Époque Kien-lung.

11 — Grand vase à panse aplatie en ancienne porcelaine de Chine, fond saumon à semis de fleurs et quatre réserves de paysages en couleur. Époque Kien-lung.

12 — Vase en ancienne porcelaine de Chine jaune, décor de fleurs et de bambous en couleur. Époque Yung-ching.

13 — Potiche en ancienne porcelaine de Chine, décor de paysage en bleu sur fond blanc. Époque Ming. Socle et couvercle en bois.

14 — Grand vase en ancienne porcelaine de Chine fond bleu, décor de personnages en dorure.

15 — Bouteille en ancienne porcelaine de Chine fond rose, décorée de fleurs et de deux réserves d'arbres et d'oiseaux sur fond blanc.

16 — Vase-balustre en ancienne porcelaine de Chine gros bleu. Époque Kien-lung.

17 — Vase en ancien céladon vert de Chine, décor à fleurs et ornements sous couverte. Époque Kien-lung.

18 — Divinité en ancien biscuit céladonné de Chine. Époque Kien-lung.

OBJETS DE VITRINE, ÉVENTAILS

OBJETS VARIÉS

19 — Montre Louis XVI en cuivre doré, ornée d'une petite miniature ovale : Buste de femme, entourée d'un cadre posé de petites pierres.

Diam., 40 millim.

20 — Montre, forme viole, en or guilloché et émaillé rouge. Travail de Genève.

Haut., 70 millim.

21 — Montre, forme lyre, en or gravé et émaillé en couleur, enrichie de demi-perles. Travail de Genève.

Haut., 57 millim.

22 — Montre en or ciselé et gravé, à médaillon et cordon de feuillage, avec incrustation de pierres. Époque Louis XVI.

Diam., 48 millim.

23 — Étui à cire cylindrique ovale en or, à fond uni ; bordures de cordons ciselés et gravés. Époque Louis XVI.

Haut., 95 millim.

24 — Boite ronde en cuivre émaillé en couleur, offrant sur le dessus un médaillon : Amour dans un paysage. Genève. Fin du XVIIIe siècle.

Diam., 62 millim.

25 — Inro à compartiments et muni de son bouton en ivoire sculpté et teint : Perdrix dans des roseaux. Travail japonais.

26 — Tire-bouchon et sa gaine en argent, la poignée ornée sur fond de nacre, et sur chaque face d'un vase enguirlandé. XVIIIe siècle.

Haut., 82 millim.

27 — Petit étui plat rectangulaire en bois sculpté : Personnages. Travail chinois.

28 — Grand étui en écaille brune posée argent à rocailles et fleurs. XVIIIe siècle.

29 — Pochette en soie brodée au point de chainette; attributs et bordure de fleurettes. Époque Louis XVI.

30 — Six boites rondes ou rectangulaires en cartonnage ou écaille, variées de décor. Restauration.

31 — Quatre petits écrans à main, ornés de gravures coloriées avec texte au revers : Comédie du XVIIIe siècle.

32 — Éventail à monture de laque; feuille ornée d'une gravure offrant en profil les membres de la famille de Louis XVI.

33 — Éventail en os gravé posé or; feuille peinte : trois médaillons, paysages et marines. XVIIIe siècle.

34 — Éventail à monture d'ivoire ajouré et gravé; feuille peinte à l'aquarelle et gouache : Sujet pastoral. XVIIIe siècle.

35 — Petit éventail à monture d'ivoire, ajouré, gravé, polychromé; feuille peinte à la gouache : sujet Concert champêtre. XVIIIe siècle.

36 — Petit éventail à monture d'ivoire ajouré, gravé, polychromé; feuille peinte à la gouache : Allégorie. XVIIIe siècle.

37 — Éventail à monture de nacre gravée et rehaussé de dorure; feuille : Allégorie peinte par Donzel, à l'aquarelle et gouache.

38 — Éventail, monture de nacre posée or; feuille en dentelle et trois médaillons : Sujets allégoriques, peints à la gouache. Signés : *Vautrin.*

39 — Éventail, monture écaille blonde posée d'or; feuille en dentelle et médaillons peints à l'aquarelle, figurant les Saisons.

40 — Éventail à monture de nacre sculptée, gravée et dorée; feuille à nombreux compartiments à sujets de personnages sur fond d'or. Signée : *Édouard Moreau, 1866*. Au revers : paysage à l'aquarelle, par ALLONGÉ.

41 — Éventail en nacre; feuille en dentelle noire et allégorie peinte sur tulle.

42 — Éventail en écaille blonde, à feuille de dentelle. La monture incrustée de roses et brillants.

43 — Statuette de la Vierge en ivoire sculpté, sur socle en bois noir.

44 — Autel chinois en laque, avec statuette de divinité en bois sculpté, parties dorées.

45 — Jardinière ou cache-pot cylindrique à deux anses en tôle laquée, à décor de médaillons chinois. Époque Louis XV.

46 — Paire de rafraîchissoirs ovales en tôle laquée, analogue au cache-pot précédent. XVIIIe siècle.

47 — Plateau ovale en tôle émaillée; médaillon central : le Petit Chaperon rouge. Entourage de vignes.

BRONZES, PENDULES

48 — Paire de petits flambeaux en métal argenté à palmette. Fin du XVIIIe siècle.

49 — Coupe en cuivre gravé, travail oriental, montée en jardinière.

50 — Grande lampe, formée d'un vase, en ancien bronze chinois.

51 — Grand baromètre en bronze doré, formé de deux enfants soutenant le cadran.

52 — Paire de grandes girandoles à bouquets de six lumières, portées par des statuettes de femmes drapées, d'après FALGUIÈRE. *Maison Barbedienne.*

53 — Paire de grands landiers en bronze, à gorges et moulures ornées, sur bases triangulaires et surmontés chacun d'une statuette d'enfant nu ailé.

Haut., 1 m. 80 cent.

54 — Lustre en bronze ciselé et doré, en forme de carquois, retenant six lumières électriques. *Maison Gagneau.*

55 — Paire de chenets en bronze doré, modèle à vases enflammés. Style Louis XVI.

56 — Pare-étincelles en bronze doré et feuille métallique.

57 — Pendule en biscuit, forme vase, à cadran tournant, supporté par un groupe des Trois Grâces, d'après FALCONET.

58 — Pendule en bronze doré, à sujets guerriers. Socle marbre blanc. Époque Louis XVI.

59 — Paire de candélabres à trois lumières, formés chacun d'une statuette de femme en bronze patiné, portant des lumières. Socle en marbre blanc, orné de guirlandes et sphinx en bronze doré, contre-socle bleu-turquin. Fin du XVIIIe siècle.

60 — Pendule en marbre blanc et bronze doré ; le cadran forme fût, surmonté d'un groupe : Vénus endormie et amour sur des nuages. Socle en marbre blanc, orné d'une frise d'amours et entrelacs de feuillages en bronze doré. Époque Louis XVI.

SCULPTURES

61 — Buste de femme Louis XVI, pierre sculptée.

62 — Tête de femme, pierre sculptée ancienne.

63 — Statuette de saint en pierre. Style gothique.

64 — Montant de cheminée, formant console, à tête de lion; pierre sculptée.

65 — Colonne avec vasque-jardinière en marbre vert serpentin.

66 — Petit buste de Voltaire en marbre blanc, d'après Houdon.

67 — Groupe en marbre blanc, représentant deux petits faunes jouant. Socle ovale en marbre et bronze.

Haut., 45 cent.; larg., 40 cent.

68 — Deux groupes en terre cuite, formés chacun de deux enfants nus, figurant le Printemps et l'Hiver. Socles en bois mouluré.

Haut. des groupes : 90 cent.

69 — Statuette en marbre : la Baigneuse. Signée : *Édouardo Tabacchi, 1877.*

70 — Buste d'homme en terre cuite : Incroyable.

71 — Buste de Bretonne en marbre blanc. Socle en chêne.

72 — Buste d'homme en terre cuite. *Antony de Chezi, ingénieur.*

73 — Buste de femme en terre cuite.

74 — Statuette en terre cuite, figurant le Moïse, d'après Michel-Ange. Signature au revers : *I. Tomer.*

Haut., 41 cent.

75 — Buste d'homme, à grande perruque, en marbre blanc et brèche. Sur piédouche.

Haut., 75 cent.

76 — Paire de vases ovoïdes en marbre fleur de pêcher, guirlandes de fleurs et de feuillages reliées à des têtes de béliers formant anses. Style Louis XVI.

77-78 — Quatre gaines en marbre de couleur.

Haut., 1 m. 13 cent.

79 — Deux statues en ancienne terre cuite patinée : la Marchande de fruits et la Joueuse de vielle.

Haut., 1 m. 40 cent.

80 — **Statue grandeur nature** : Jeune femme nue, assise sur un tronc d'arbre, tenant une colombe. Ancien plâtre teinté. Signée : *Chapuy. 1782*. Socle en bois peint.

81 — **Statue grandeur nature** : la Douleur, par FERNBERG. Marbre blanc.

MEUBLES, SIÈGES

82 — Petit coffret à bijoux rectangulaire, à trois tiroirs, en bois de rose, muni d'anneaux de tirage et de deux poignées en cuivre. Epoque de Louis XVI.

83 — Petite étagère d'applique-encoignure, de forme contournée, ouvrant à deux petites portes, en bois de placage ; marqueterie de fleurs. Epoque Louis XV.

Haut., 76 cent.

84 — Petite table à coiffer à pieds fuselés et cannelés en acajou mouluré. Dessus de marbre blanc. Epoque Louis XVI.

85 — Meuble d'entre-deux ouvrant à deux portes en acajou, à pieds carrés gaines. Dessus de marbre blanc. Epoque Louis XVI.

86 — Petite table à deux volets pliants en acajou ; piétement à colonnettes. Fin du XVIII siècle.

87 — Petite table formant bureau de dame et muni d'un petit écran en acajou mouluré. Epoque Louis XVI.

88 — Petite table-tricoteuse rectangulaire à trois tablettes et pieds colonnettes en acajou. Epoque Louis XVI.

89 — Console-desserte rectangulaire ouvrant à tiroir, avec tablette inférieure, en acajou et baguettes de cuivre. Dessus de marbre et galerie ajourée en cuivre. Epoque Louis XVI.

90 — Horloge en bois sculpté à motifs d'attributs, arabesques, etc. XVIII siècle.

Haut., 2 m. 60 cent.

91 — Bureau en bois d'acajou moucheté et ciré, décoré de frises ; poignées, chutes et draperies en bronze ciselé et doré.

92 — Vitrine en acajou ciré et marqueterie de bois de rose à fond de glace ; frise et guirlandes en bronze ciselé et doré. Dessus de marbre brèche.

93 — Grande console-servante Louis XVI, à coins cintrés, ouvrant à trois tiroirs, tablette inférieure, pieds cannelés, en acajou.

94 — Vitrine en bois de placage, ouvrant à deux portes, avec tiroir supérieur, ornée de bronzes, frises et baguettes moulurées. Dessus de marbre.

95 — Petit bureau à cylindre en acajou, garni de bronze. Dessus ceinturé d'une galerie ajourée.

96 — Secrétaire en marqueterie de bois de couleurs, à trophées d'instruments et vases. Dessus de marbre. Epoque Louis XVI.

97 — Petite console à coins cintrés en acajou, avec tablette inférieure. Dessus de marbre et galerie. Époque Louis XVI.

98 — Meuble d'entre-deux, ouvrant à portes, avec étagères cintrées sur les côtés et fond de glace, en acajou, garni de cuivre.

99 — Petit modèle de meuble-bureau en bois de placage et marqueterie, ceinturé de cuivre. Époque Louis XV.

100 — Petite console avec partie centrale cintrée, reposant sur huit pieds, ouvrant à tiroirs, en acajou. Dessus de marbre blanc encastré.

101 — Console en bois sculpté doré, en partie Régence, décor cariatides et palmettes.

102 — Petite console-servante à coins cintrés en acajou, moulures et galerie de cuivre, ouvrant à tiroirs. Tablette et dessus de marbre. Époque Louis XVI.

103 — Bureau à cylindre en acajou, quatre pieds fuselés à cannelures. Époque Louis XVI.

104 — Jardinière ronde en acajou à quatre pieds griffons, ornée de cuivre.

105 — Petit secrétaire sur quatre pieds élevés en acajou, à côtés cintrés à tiroirs. Dessus de marbre et galerie.

106 — Table à jeu en marqueterie, genre Boulle.

107 — Cartonnier, de forme contournée, décoré en laque noire de personnages chinois. Époque Louis XV. Il est muni de neuf cartons en maroquin à dentelles.

108 — Commode-toilette à trois tiroirs, marqueterie en bois de placage à filets. Époque Louis XVI.

109 — Deux chaises à dossier renversé en bois sculpté à canaux et rosaces; garniture de soie brochée à rayures. Époque Directoire.

110 — Fauteuil canné en bois mouluré. Époque Louis XV.

111 — Chaise à siège et dossier contournés en bois sculpté à fleurons. Époque Louis XV. Garniture de velours frappé jaune.

112 — Bois de fauteuil à dossier cintré et pieds fuselés et cannés. Estampille de *J.-B. B. Demay*. Époque Louis XVI.

113 — Tabouret de pieds rectangulaire en bois sculpté doré à pieds fuselés et cannelés. Estampille illisible. Garniture de soie ancienne. Époque Louis XVI.

114 — Fauteuil en bois sculpté, recouvert en ancienne tapisserie à pavots. Epoque Louis XIV.

115 — Lit de repos en bois sculpté doré. Garniture de soie brochée.

116 — Quatre fauteuils, époque Louis XIV, en bois sculpté à palmettes, avec croisillons réunissant les pieds, recouverts en brocatelle rouge.

117 — Bel ameublement de salon en bois sculpté, doré, de style Louis XVI, garni en tapisserie d'Aubusson, présentant sur les sièges des scènes de chasse dans des encadrements de fleurs et de fruits et aux dossiers des petits personnages. Il se compose de : un canapé et six fauteuils.

TAPISSERIES

TAPIS D'ORIENT

118 — Portière faite d'un panneau en tapisserie figurant l'Automne : Amour dans un médaillon. Encadrement d'arabesques et guirlandes de fleurs.

119 — Tapisserie rectangulaire, verdure des Flandres, du temps de Louis XIV, figurant un parc, avec fond de château ; au premier plan, fontaine et grands oiseaux. Encadrement de bordures à fleurs et fruits et enroulement de rubans.

Haut., 2 m. 45 cent.; larg., 3 m. 75 cent.

120 — Tapisserie rectangulaire d'Aubusson, du temps de Louis XIV, verdure avec animaux, oiseaux, habitation. Encadrement de bordure.

Haut., 2 m. 65 cent ; larg., 3 m. 80 cent

121 — Grande carpette d'Orient rectangulaire : arabesques en couleur sur fond vert. Large bordure d'encadrement fond rouge, jaune et bleu.

Long., 4 m. 90 cent.; larg., 2 m. 50 cent.

122 — Carpette orientale rectangulaire : ornements réguliers fond rouge. Bordure d'encadrement.

Long., 3 m. 45 cent.; larg., 1 m. 73 cent.

www.ingramcontent.com/pod-product-compliance
Ingram Content Group UK Ltd.
Pitfield, Milton Keynes, MK11 3LW, UK
UKHW032032260826
14628UKWH00006B/2894

9 782329 451077